아름다움을 버리고
돌아와 나는 울었다

아름다움을 버리고
돌아와 나는 울었다

최영미 시집

이미출판사

차례

1부 　방금 쓴 시

3부 풍자시 연습

시끄러운 고독 4부

1부

방금 쓴 시

팜므 파탈의 회고

내가 칼을
다 뽑지도 않았는데
그는 쓰러졌다
그 스스로
무너진 거다

Revenge is a dish
unlike pizza
best served in cold

《World Soccer》잡지에서 오려낸
이탈리아 속담을 오래도록 물고 다녔다
단맛이 없어질 때까지

FC 바르셀로나가 리그 하위 팀에 패한 뒤
감독이 경질되었고

나는 뜨거운 사막을 걸었다
모래에 파묻힌
칼날이 반짝였다
나를 노리고 있었다

오아시스 호텔에서 수영을 즐기고
수박 주스를 마시고
지루한 소문이 귀걸이처럼 달린
드레스를 입고 파티에 나갔다

방금 쓴 시

이게 마지막 시집일 거야
시집 펴낼 때마다
생각했지 맹세했지
비장한 모드로
다시는 안 쓸 거야

이게 오늘의 마지막 담배야
더 안 피울 거야!
다짐하고
창문 닫고
돌아서서
(한 시간도 안 되어)
아무렇게나 옷을 입고 편의점으로 달려간다

이 남자가
마지막이야

다신 안 만날 거야!

(그때 내가 미쳤나봐)

돌고 돌아

여행을 계속하려면
호텔을 바꿔야지
가방을 버려선 안 된다

길을 묻는 자는 이미 늦었다
찾는 자에게는 문이 닫혀 있다

그래도 가야만 하는…
빨래하고 수건이나 접자
되는 일이 없을 때는…

거울

자신의 아름다움을
알게 된
소녀는
더 이상 아름답지 않다

모르고 뛰어노는 저 천진난만들!
사방이 놀이터
기쁨과 슬픔의 뒤가 없는
유년의 단단한 왕국에서
아픈 아이도 행복한 때가 있었으리

모르는 사이에 잠이 들고
가랑비가 천하를 적신다

여성의 쉼터
The World Conference of Women´s Shelters

이렇게 많은 여자를 한 자리에서 본 적이 없어!
천 명의 여인들이 뿜어내는 향기,
질투하지 않는 색채가 눈부셔

세션이 끝날 때마다 밖에 나가
담배를 물었다 여럿이 떼 지어
무슨 의식을 치르듯 연기를 뿜어내며
(이렇게 맛있는 담배는 처음이야)
나보다 더 니코틴에 중독된
네덜란드 멋쟁이, 살아서 다시 볼 수 있을까
해변에 세워진 회의장, 물병이 놓인 테이블에
새처럼 날아다니는 시(詩)

새장 속의 새는
새장 밖으로 나가려고 노래 불러요.*

토론이 끝나고 책을 팔았다
내 시집《The Party Was Over》를 사려고
일본 여성들이 줄을 섰다

에스토니아에서 온 그녀,
이름이 쉴라였던가
가오슝까지 오는 여비를 아끼느라
비행기를 세 번인가 네 번 갈아탔다고 했지

사랑스러운 너의 미소에 응답하지 못하고
항소심 판결에 맞춰 귀국한 11월
어머니의 다리뼈는 부러지지 않았고
나는 재판에 이겼다

＊마야 안젤루(Maya Angelou)의 자서전 『I know why the caged birds
  sing 나는 새장 속의 새가 왜 노래하는지를 안다』 제목을 조금 비틀어
  보았다.

죄와 벌

해운대의 S 호텔 로비에 앉아 두 개의 소나무 사이로 본 것보다 더 많은 것을 나는 본 적이 없다. 아이들이 지나가고 젊은 날의 어머니와 아버지가 지나가고, 하늘거리는 하얀 원피스를 입고 팔락거리는 청춘이 지나가고, 그녀의 사진을 찍는 청년이 지나가고, 연인들이 지나간 뒤에 소풍 나온 늙은이들도 지나가고, 오토바이가 버스가 택시들이 지나가고, 곧 개봉할 영화의 광고판이 지나가고 리무진이 지나갔다.

슬프고 슬픈 나는, 시간이 남아도는 나는 조식 부페를 배 터지게 먹은 뒤 호텔 로비에 앉아 바다를 본다. 본다기보다 바다를 향해 앉아 있었다. 친구에게 배운 허벅지 근육 운동을 하며, 휴대폰 배터리를 아끼려 휴대전화로 시간을 재지 않고 하나 둘 셋 넷⋯ 머릿속으로 60까지 숫자를 세며 두 다리를 앞으로 뻗은 채 지상에 떠 있었다. 하나 둘⋯ 이 슬픔을 안고, 후회와 자책감을 안고 나는 살아가야 하리라. 어미를 버린 죄.

일요일 저녁

세계의 고통이

내 혀 위에 있다

원고를 끝내고 마시는 와인

글을 털고 가벼워져

초콜릿 케이크를 자른다

일곱 겹의 가나슈 케이크

달콤한 아프리카의 눈물

장례식을 치른 뒤

달달한 케이크를 끼고 살았다

우크라이나 때문에 당신을 외면했다

러시아 대사관 앞에서

전쟁 반대를 외치며

두 손을 들고

내 손을 알량한 지식인의 양심에 맡기고

어머니를 생각하지 않았다

생각하지 않으려 했다

고해성사를 바치고

채널을 돌려도

피할 수 없다

방호복을 입고

너희는 너희의 죄를 안고 살아야 하리

총기 난사 뒤

라커룸에서 샴페인을 터뜨리는

세상에 너는 이미 익숙해졌다

텔레비전의 원격 조종 버튼을 누르며

미사일이 떨어져도

어떤 고통도 느끼지 못하는

너도 푸틴

짚신도 짝이 있다*

짚신이 짝을 찾기는 쉬우나
유리구두의 짝은 흔치 않지

모나지 않고 납작한
짚신이 부럽니?

너의 구도 속에 들어가
나도 편안한 타원이 되고 싶었지

누구의 발이라도 신겨주는 짚신
신기도 쉽고 벗기도 쉽지

어둠 속에 떠오르는 내 생의 신발들.
내가 벗어나지 못한 싸구려 구두
운명을 믿지 마
핑크를 믿지 마

예술을 믿지 마
차라리 속담을 믿어
지푸라기를 믿어
짚신도 짝이 있어

부드럽고 따뜻한 짚신이 지배하는
이 세상엔 아직도 내가 모르는 색이 있어
내가 모르는 행복이 있어

너는 깨지기 쉬운 크리스탈,
만지면 부서질 것 같다고 어떤 왕자가 말했지

_____

*2022년 〈Frieze Week Seoul〉의 청탁을 받아 이슬기 (Seulgi Lee)의
텍스타일 작품 〈짚신도 짝이 있다 U: Even a straw sandal has its pair〉
를 보고 쓴 시를 조금 고쳤다.

에든버러 북토크

질문: 왜 시를 번역했어요? 왜 영어로 시를 읽어요?

답: 20년쯤 전에 워싱턴의 셰익스피어 도서관에서 N 시인과 최영미를 시 낭송회에 초대했어요. 내가 싫어하는 그 원로 시인과 같이 가고 싶지 않아, 그와 같은 시공간에 있고 싶지 않아 셰익스피어 도서관의 초대를 거절하고 나중에 후회했어요. 내 시를 해외에 알릴 좋은 기회였는데… 그때 저는 이렇게 생각했어요. 'Shakespeare was great, but I am great as well. 셰익스피어도 위대하지만 나도 대단해'(영국 청중 앞에서 감히 셰익스피어와 맞장을 뜨고 나는 말했다) 기회가 다시 올 줄 알았는데 안 오더군요. 그래서 언젠가 내 시를 영어로 읽는 게 로망이었어요. 꿈이 이루어져 행복해요.

질문: 젊은 시인들을 추천해주세요.

답: (순간 머릿속이 하얘져 멍하니 있다)

　내가 너희들에게 충분히 Don't I look…

"young to you? 젊지 않니"를 덧붙이기도 전에 환호성이 웃음이 터졌다. Don't I look young to you? 늙은 농담을 이해하는 젊은 그들. 북토크 뒤에 마신 와인이 심장을 적셨다. 상처가 꽃이 되었다. 잇몸에서 피가 멈추고 파티는 끝나지 않았다.

편집회의

쌈박한 서정시 없을까
(세상이 쌈박하지 않은데 어떻게 시만 쌈박해)
3월 4월까지 기다려 봐
봄바람이 불면 내 속에서 시가 피어날지도

연애시를 전진 배치해
풍자시를 뒤로 빼자
풍자보다 사랑이 좋지
세상을 바꾸는 건 풍자가 아니라 사랑이야

축구 경기를 틀어놓고도
방금 쓴 시에 붙들려
벽을 때리는
'골' 소리가 한 귀로 들어와 다른 귀로 빠지는
이런 열정이 다시 날 찾아올까

산뜻하게 잘 빠진 연애시를

내가 또 쓸 수 있을까

상처를 받아야 시가 나오는데…

실연 좀 당해 봤으면 좋겠다

실연(씩이나!) 당할 멋진 남자가 있어?

누나는 그동안 지나간 감정 우려먹었잖아

연애의 추억으로 연애시 만들었잖아

그래

근데

추억하기도 이제 지겹다

했는지 안 했는지 기억나지도 않아

잇몸이나 안 아프면 좋겠다

오늘 밤은 내가 살게

2부

그에게

이미

이미 젖은 신발은
다시 젖지 않는다

이미 슬픈 사람은
울지 않는다

이미 가진 자들은
아프지 않다

이미 아픈 몸은
부끄러움을 모른다

이미 뜨거운 것들은
말이 없다

호텔방에서

창밖을 바라보지 마

지도를 뒤적거리지 마

왜 멀리 떠나왔을까?
후회하지 마

한번 길을 떠났으면
계속 가야 해

네가 갈 곳을 좋아하지 않더라도……

일기예보

너는 차가웠고
나는 뜨거웠고
그리고 너를 잊기 위해 만난
차갑지도 뜨겁지도 않은
미지근한 남자들
내 인생의 위험한 태풍은 지나갔다

살아남은 시들이 종이 위에 인쇄되고
느릿느릿 기어가는 차량들

내일은 전국이 흐리고
나는 샴푸를 사러
나갈 것이다

백화점 가는 길

내 욕망의 절반은
백화점이 해결해준다

식품관은 지하에
화장품은 1층에
청바지는 2층에
구두는 3층에

전 세계가 모인 곳
유럽과 아시아의 상점에서도 진열되지 않은
내 욕망의 나머지 절반을 채워줄

그에게 발견되고파
치명적인 향기를 수집한다
샤넬 디올 아베다……
갖고 싶어서

갖고 싶지 않아서
아무것도 사지 못한 불안한 오후

샴푸는 1층에
구두는 3층에
침대는 5층에
그이는 어디에?
어디쯤 가고 있을까?

옛날 남자친구

나와 놀고 싶어서
너는 나의 도시에 왔다
말벗이 필요해서
너의 여자가 아닌 내게

기다란 메시지를 남기고
내 문을 두드리고
꽃다발을 내밀었다
얼마만인가?
그새 늘어난 흰머리를 확인하며

사랑이 아닌 줄 알면서도
나는 꽃을 받았다
고마워요
향기를 맡는 척, 고개를 숙였지만
내게는 너무 무거운 꽃바구니

7년의 세월만큼이나 어색한
너의 선물은 내게 거추장스러운 짐
내게는 너를 담을 유리병이 없어

너와 충분히 놀아주지 못하고
쓰레기통에 버려진 국화들
자기 역할을 다하지 못한 배우처럼
이름값도 못하고, 꽃값도 못하고
나를 유혹하지도 못하고
노랑 분홍 자주, 요란한 색을 뽐내지만
너는 곧 죽을 운명

주인을 잘못 만나,
옹색한 글쟁이에게 잘못 걸려
꽃병에 꽂히지도 못하고
비참하게 말라 시들겠구나

차라리 가짜였다면

종이로 만든 조화였다면

줄기가 잘리는 아픔도 모르고

피기도 전에 시드는 슬픔도 없으련만

나와 놀고 싶어서

나를 갖고 싶어서, 너는 꽃을 샀다

내 마음을 사려고

내 마음을 사지 못해, 너는 비싼 꽃들을 샀다

그런데 나는 쓸쓸한 국화 향기가 싫거든

하얀 안개꽃에 둘러싸인 국화는 더더욱 싫거든

초상집 냄새가 나서……

아름다움을 버리고 돌아와

나는 울었다

나는 꽃이 싫어

나는 꽃이 좋아

언젠가 내 가슴에 피어날

장미 한 송이

꽃집에서

프리지아
백합
국화
안개꽃

화려한 꽃다발은 저리 치우고

섞이지 않는
하나의 향기로 너는 다가와라

선물

사랑해

당신을 30년 사랑했어

너무 늦게 나타났어

나는 네가 누구인지 몰라

어느 겨울날, 내 방에 들어온 청춘의 빛

잔치가 끝난 뒤의 서른송이 장미

그의 손에서 내 손으로

그의 심장에서 나의 심장으로 불이 붙어

하나로 포개지려는데

물에 잠긴 장미 봉오리가

점점 크게 벌어지네

나의 마음도

나의 거기도……

겨울의 문

고장난 생의 시계가 다시 움직이고
사랑이 눈처럼 쏟아지는 오후

멈춰 선 바퀴, 유리문 안에서
다시 만난 우리는
아련한 청춘을 더듬으며
30년의 세월을 지워나갔다
뜨거운 입김에 가려
바깥세상이 까맣게 멀어지고

하얀 눈 위에 떨어진 가녀린 낙엽
거울에 새겨진 서러운 입술 자국들

연인

나의 고독이
너의 고독과 만나

나의 슬픔이
너의 오래된 쓸쓸함과 눈이 맞아

나의 자유와
너의 자유가 손을 잡고

나의 저녁이 너의 저녁과 합해져
너의 욕망이 나의 밤을 뒤흔들고

뜨거움이 차가움을 밀어내고
나란히 누운, 우리는

같이 있으면 잠을 못 자
곁에 없으면 잠이 안 와

의식

어느 날 그가
내 앞에 나타났다
내가 꿈꾸던 모습으로
아랫배도 나오지 않고
맑은 눈, 든든한 어깨의

그대에게 보이고 싶지 않은
옛날을 도려낸다
편지를 태우고
사진을 찢고
옛날 남자들을 지우고
그 남자 옆에 서 있던 젊은 날의 나도 지우고
그 남자 옆에 서 있던 다른 여자들도 지우고
그 남자와 다른 여자들과 내 뒤에 피어 있던
코스모스도 휴지통에 버리고
쇠와 살이 부딪쳤던 청동시대에

내게 보낸 허튼 일기도 버리고

버리기 아까운 문장들은
암호를 넣어 시로 만들고
처녀처럼 깨끗해진 책상 서랍에
그이가 좋아할 화장수를 넣고

그런데 말 없는 당신은
개의 코, 뱀의 혀를 가진 사냥꾼
밤마다 습지를 맴도는 저격수처럼 단순한
남자에게 나를 이해시키려
오래된 얼굴들을 다시 불러온다

낡은 자취방에 불이 들어오고
휘황한 호텔에 버려둔
팔과 다리들이 꿈틀대고

코스모스 한들한들 비에 젖은
돌담 밑에서 입을 맞추던 첫사랑이 눈을 크게 뜨고
너, 괜찮니? 물어본다

내 옆에 누워 팔팔 끓어오르는 남자에게
시들시들한 나를 들키지 않으려
이불을 끌어당긴다

유치한 시

새해
새날
새 마음
새 몸으로
다시 태어나기를……
나도
당신도

빛의 속도로 새해 소망을 보냈지만
새 마음을 담기에 이미 헌 몸
다시 태어난다면
나는 네게 꽃다운 청춘을 주고 싶다

뒷맛이 씁쓸하지 않은

아침에 가장 늙었고
저녁이면 다시 젊어져

어둠이 눈꺼풀을 덮는 밤이면
어, 어린애가 되어
옛날의 동산에 올라가
꿈이 있던 자리를 더듬는다

산딸기를 찾아 헤매는 동안은
두렵지 않았지
왜 늦었냐는 엄마의 잔소리도
시계 소리도 들리지 않았지

내 놀던 옛 동산에서 내려와
꿈이 깨진 뒤에도
살아서 비겁한 밥을 먹으며

어딘가 뒷맛이 씁쓸하지 않은,
내 몫의 달콤한
산딸기가 남아 있을 것 같아
숨어서 눈을 반짝이는

순진무구가 이 세계를
지탱해왔어

3부

풍자시 연습

고해성사

죄는 여러 곳에서
따로따로 짓더니

속죄는 한곳에서
왜 한꺼번에 용서받으려 그래?

우리를 이렇게
불완전한 존재로 만들어 놓고

구름 속에 편안히 앉아서
땅을 내려다보는

神이야말로 태초에
죄인이 아니던가?

정치인

5천만의 국민을 감히 사랑한다고
떠드는 자들

사랑을 말하며
너는 숨도 쉬지 않니?

조찬과 오찬과 만찬에 참석해
축하하고 격려하고 약속하고
화장하지 않은 얼굴은 보여주지 않고

왼손이 하는 일은 반드시 오른손이 알게 하고
보도되지 않으면 눈길조차 주지 않는 여우들

사장이나 대표이사, 회장이고 위원장이며
고문이자 총재인 사람들
어제의 적과 호텔에서 아침을 먹고

밥을 먹으며 회의를 하는 자들

카메라 앞에서 밥을 먹으며
어떻게 소화가 되니?

얼굴에 1억짜리 미소를 바르고
장애아동의 몸을 씻기며
향수를 뿌린 목소리로

고통을 말하며
너는 어쩜 그렇게 편안할 수 있니?

한국의 정치인

대학은 그들에게 명예박사학위를 수여하고
기업은 그들에게 후원금을 내고
교회는 그들을 위해 기도하고
병원은 그들에게 입원실을 제공하고
비서들이 약속을 잡아주고
운전사가 문을 열어주고
보좌관들이 연설문을 써주고
말하기 곤란하면 대변인이 대신 말해주고
미용사가 머리를 만져주고
집 안 청소나 설거지 따위는 걱정할 필요도 없고

(도대체 이 인간들은 혼자 하는 일이 뭐지?)

성공한 여성

거울을 자주 보는 여자는
고통을 느끼지 못한다

자신의 내밀한 상처도 두터운 화장품으로 가리고
잡지에 인쇄된 세련된 웃음

그 여자의 성공비결은
얄팍한 거울

들여다보되
깊이 들여다보지 않는 것
타인의 거울에 자신을 비추지 않는 것

풍자시 연습

유럽을 방문한 그녀가 갈아입은
일곱 벌의 정장이 신문지 위에 무지개처럼 펼쳐지고

방송에서는 그의 이름이
언급되지 않는 날이 없고

무슨무슨 위원회의 위원인 그들은
오늘도 나라와 국가를 위해 회의 중이시고

아무데도 속하지 않고
어디서도 불러주지 않는
시간이 남아도는 시인은
국가와 국민을 사랑하지 않는 시골 시인은
국가는커녕 자신을 사랑하기조차 무척 힘든 나는
담뱃재를 털며
풍자시를 연습한다

秋想

나쁜 자식

위선자

벗겨도 살점 하나 묻어나지 않을 껍데기들

그들을 싸잡아 욕한 뒤에

단풍을 보았다

울긋불긋 물든

그들은 하나의 색色이

아니었다

한꺼번에 물들지도 않았다

진실은 순색純色이 아니다

돼지의 죽음

할아버지도 돼지

아버지도 돼지

손자도 돼지

돼지 3대가 지배하는 이상한 외투의 나라

꽃 속에 파묻힌 아버지를 보며

꼬마 돼지가 눈물을 흘린다

돼지가 울자 농장의 모든 동물들이 통곡한다

땅을 치고 가슴을 치며

더 울고 싶지만 배가 고파서

혁명사상으로 불룩한 배를 우러러 보며

뚱뚱한 수령의 말씀을 받드느라 삐쩍 마른 염소들

영양실조에 걸린 사슴과 강아지들이

격한 울음을 토하고

눈길에 영구차가 미끄러질까봐
위대한 (그의 위胃는 정말 거대했다)
장군님이 가시는 마지막 길에 외투를 벗어 바친다
영하의 날씨도 느끼지 못하고
슬픔을 연기하는 배우들
코미디인지 비극인지……

연극이 끝난 동물농장에
죽음보다 무거운 긴장이 감돌고

왕관을 물려받은 새끼돼지가
할아버지처럼 살찌는 약을 먹고 군부대를 시찰하는데
배고픈 염소들이 담을 넘어올까, 두려운
이웃 농장의 여우들이 식량지원을 약속하고
돼지가 죽은 줄도 몰랐던 남쪽 나라에서는
두더지들이 황급히 머리를 맞대고

돼지의 죽음이 우리에게

이로울까?

해로울까?

닮은꼴

북조선에서는 잘 우는 사람이 출세하고
남한에서는 적당한 웃음이 성공의 비결

인민 모두가 배우인 조선민주주의인민공화국
지도자 돼지가 사망한 뒤 눈물 공장이 24시간 가동해
야근을 하며 눈물을 생산한 노동자들은 간부로 승격하고
슬픔을 충분히 짜내지 못하면 쫓겨나고

남한의 오락 프로는 억지웃음을 만드느라 돈을 쏟아 붓고
상사가 썰렁한 농담을 해도 웃어주는

한반도의 이쪽과 저쪽에서
대장의 눈치를 살피며
웃고 울며 겨울이 가노니

권력의 얼굴

악수를 잘해야
성공적인 대통령
묵념을 잘해야
훌륭한 대통령이 될 수 있다

그의 정적이 죽은 다음 날
그가 무슨 생각을 했는지?
아무도 모르게
자기도 모르게
눈을 지그시 감고
비석과 화환에 둘러싸인 가면

텔레비전으로 최고 통치자의 슬픔이 생중계되는
지금이 그가 가장 약해 보이는 순간,
눈가의 주름과 뾰루지가 화면에 잡히고
검정 조문복을 입고 분향하는

엉덩이에서 총알이 튀어나온다
(내 뒤에서 까불지 마!)

하늘을 겨눈
조총 소리에 놀라 가면이 벗겨지고
땀을 닦으며 잠시 길을 잃은 권력이
카메라 앞에서 평정을 되찾는다

우리는 언제쯤 묵념을 못하는
서투른 대통령을 보려나?

베를린의 여름

2007년 7월 17일

Berlin LCB, Room No. 4

하루에 모기 다섯 마리와

거미 두 마리를 죽일 수 있으면

여기서 생존할 수 있다

매일 아침, 손에 곤충의 피를 묻히고

머리 위에서 헬리콥터가 돌아가듯

성가신 모기의 소음도 네 옆이라면 참겠다만

해가 들지 않는 병원처럼 음침한 침실

옛날 여배우의 사진이 벽에 걸린 「문학의 집」에서

단단히 밀봉된 물병을 따지 못해

더위의 장벽을 넘지 못해

나는 서쪽으로 도망쳤다

모기약을 찾아 시내를 미친 듯 뒤지느라
로자 룩셈부르크와* 변변한 대화 한번 못하고

---

*Rosa Luxemburg(1871~1919) 폴란드계 유태인으로 독일에서 활동한
사회주의이론가이자 혁명가. 1919년 베를린에서 살해됨.

추상적인 단어장

조국을 위해

정의를 위해

사랑을 위해

아이를 위해

美를 위해

예술을 위해

자신을 위해

누구를 위해서 죽는 자들은 행운아

나도 무언가를 위해

봄날을 희생했으나

어리석은 봄이 가고

잔인한 여름을 보내고

가을의 문턱에서

그대들에게 이르노니,

어떤 죽음도 다른 죽음보다 크지 않다

신촌의 옛 풍경

사람들이 버린 상자들을 모아
리어카를 끄는 아저씨
고단한 현재만큼 높이 쌓인 종이 더미

그가 수레를 끄는지
수레가 그를 끄는지,
짐의 무게를 이기지 못해 질질 끌려가던
늙은 노동자가 길을 건넌다
뒤에서 몰래 밀어주고 싶었지만
나의 동정심을 분석하며
그를 동정하는 나를 의심하며
생각이 너무 많아 그를 놓쳤다

벌써 17년 지난 일이지만
곱게 다림질한 나들이옷이
일기장에 또렷한
1993년 5월 6일

1987년 겨울

볼펜 사세요!
한 개에 천 원짜리
'민주' 볼펜 사세요!
명동 한복판에서
나는 외쳤다
민주주의보다 볼펜을 더 크게,
외쳤다 강철 추위에 발을 구르며
모금함을 들고 동상처럼 서서
1987년 겨울을 운반하고 있었다
부끄러움을 목에 두르고
부끄러움을 감추려 목청을 높여
볼펜을 사달라고
천 원짜리 민주주의……

4부

시끄러운 고독

유년의 변두리

천장이 낮은 방에서
비가 스민 낡은 벽지의 무늬들을 쳐다보다
스르르 잠든 아이

빨랫줄에 널린 하얀 레이스가 부러워
이불 홑청을 뒤집어쓰고 거울을 보던 계집애

밤일 나가던 이웃집 여인의 분 칠이 벗겨진
창백한 얼굴을 떠올리며

몹쓸 연기를 입에 머금고
적당한 단어를 고르는 여자

지금은 사라진 욕실에서

고려청자 접시들은 아버지의 오랜 연인
흠이 있으니 너는 진짜
어느 무덤에서 나온 보물일까?
천년의 때를 벗기고 유약을 바르면
골동품상의 하루를 즐겁게 해줄
사라진 왕조의 유물이 욕조에 떠 있다

지금은 사라진 우리 집에서
당신의 복잡한 생애를 물에 씻어 내리고
욕실 문을 닫는다

아비의 피 묻은 돈을 훔치고
치질을 앓던 봄

피가 멈추지 않아
단어가 끊이지 않아

화장실에서 나온 욕망이

귀걸이를 달고 창가에 앉아 있다

10년처럼 길고 지루했던 하루를 끝내줄

남자가 저기 오고 있다

추석 즈음

아버지의 아버지의 아버지에게
할머니의 시어머니의 시어머니에게
절한 뒤에

망자들이 손도 대지 않은
떡과 과일을 먹고

내가 물려받을 조상의 역사를 설명하는
아비의 입가에 접힌 팔자八字 주름.
쨍쨍한 가을볕을 피하려 나는 얼른 일어섰다
내가 물려받고 싶지 않은 유산을
비닐봉지에 싸서 버리고

당신의 다리가 움직이지 않을 때,
맏딸인 내가 관리할 무덤들을 둘러본다
망해가는 후손의 발목을 잡고 번창하는

그악스런 잡초들. 비석 위에 살아있는
3대의 생몰연대를 휴대전화에 저장하고

가까운 그날에
당신 없이,
내가 앞장서 올라갈 언덕
길을 잃지 않으려
저승 가는 번지수를 잊지 않으려
묘지 번호를 수첩에 적고

산을 내려오는
아버지와 딸

80세의 아비는 어느덧
중년의 딸보다 걸음이 빠르지 않다

잠꼬대

죽여라!
죽여!
우… 아… 아… 어서 쏴!

총알받이 소대장이었던 아버지는
한국전쟁이 끝나고 50년이 지났건만
밤이 되면 총을 들고 기억과 사투를 벌였다

"아버지. 간밤에 몇 명이나 죽였어요?"
싱글거리며 묻는 딸에게
당신은 아무 말도 하지 않았다

이불이 젖도록 땀을 쏟고 꿈속을 헤매다
80세의 가을날, 당신은 침대 밑으로 떨어졌다

중풍으로 쓰러진 아비를 요양원에 보내고

마침내 집안에 평화가 찾아왔다

자살을 꿈꾸는 그에게

너, 정말 죽고 싶어?

죽고 싶다, 는
죽고 싶도록
살고 싶다는 뜻이야

네가 좋아하는
배스킨라빈스 바닐라 아이스크림을 두고
어떻게 이 세상을 떠날 수 있니? 바보야

계약

1층에서 10층으로 올라가려고
변변찮은 지팡이에 의지해
붕괴 직전의 예민한 신경을 끌고
시장에 나가 장사꾼들과 흥정한다

Merry Christmas

이모 사랑해요.

이모 돈 많이 벌어서 집 사요.

이모 좋은 남자랑 결혼해서 애기 낳아요.

이모 아프지 말아요

(이거 정말 네가 썼니? 엄마가 시켰지?)

5년 뒤에야 내게 배달된 조카의 성탄절 그림엽서

아기 곰의 배꼽에 달린 분홍색 리본을 일찍 끌렀다면

그 애의 소원대로 내가 돈 벌고 집 사고

좋은 남자와 결혼해 아이 낳고

생활인이 되었을까

쉼표 없이 마침표만 찍은 문장처럼

쉬지 않고 노를 저어 목적지에 도달했을까

다른 바람이 불어

생의 다른 기슭에 닿았을까?

개미

누가 날 좀 뒤집어다오
이대로는 못 살겠어

국어사전을 기어오르다 배가 뒤집힌 개미가 방바닥에 추락해 발버둥친다. 어서 저 스탠드 불빛 밑으로 도망쳐야 하는데 아무리 몸부림쳐도 등이 배가 되고, 배가 등이 되기는 글렀다.

불쌍한 것.
구경하던 내가 연필로 꼬리를 눌러 몸통을 뒤집어주자 개미는 죽은 듯 동작을 멈추었다. 내가 자기를 죽일 줄 알았나? 놈을 안심시키려 불을 끄고 다른 일을 하는 척. 한참 뒤에 불을 켜고 보니 개미는 열심히 기어가는 중. 방금 제 몸이 뒤집힌 사고도 잊고, 언제 그랬냐 싶게 씩씩하게 먹이를 향해 질주하고 있었다.

아이와 다람쥐

조카아이와 슈퍼마켓에 갔다
아이와 슈퍼마켓에서 나왔다

내 손엔 물건들이 들려 있고
아이의 손은 들어갈 때처럼 빈 손

내 눈은 길을 보고 사람들을 보고
계산대를 통과하며 얇팍해진 지갑을 만지는데
아이가 갑자기 소리 지른다
"이모! 여기 다람쥐 있어!"
어디? 어디? 없는데, 없는데
높이 달린 내 눈엔 사람들과 물건만 보이는데
"여기 다람쥐 있어!"
반짝이는 눈, 자그마한 손을 따라가니
정말 다람쥐가 있었다!
아이의 눈높이에 맞는 아주 낮은 곳에

그 아이에게 당연한 기쁨이 내 눈에는 보이지 않았다

사랑도 그러하리라

낙엽

아스팔트 위에 먼지처럼
왔다 가는 인생들

낙엽만이 위안이다

반지하 셋방에서 목숨을 부지하는
서러운 현재를 덮고
어머니의 도저히 갚지 못할 해묵은 빚도 파묻고
나의 알량한 죄의식도 바람에 날려 보내고

오래 참은 눈물처럼 쏟아지는 낙엽

유행가를 들으며
내 손에서 부드럽게 구겨지는 너
여름은 사랑의 계절……
여름은 젊음의 계절……
내게도 여름이 있었던가?

2009년의 묘비명

살았다
사랑했다
썼다

스탕달처럼 단순 명쾌하게
생애를 정리할 문장을
아직 찾지 못했으니
더 살아야겠다

마지막

산을 보았고
바다를 보았다
붉은 벽돌로 지은 집,
고대 왕국의 폐허도 보았다

깨어진 기왓장에 새겨진 장인의 손바닥
거짓을 모르는 아이의 얼굴,
어미의 눈가에 어른거리는 죽음의 그림자,
팔다리가 마비된 아버지의 치부도 보았다
내 입술과 겹쳐졌던 입술들도 보였고
떠나간 친구의 뒷모습도 보였다

열차는 종착점에 가까워지는데
너의 어깨는 보이지 않았지
나를 매장할 손은
떠오르지 않았지

눈을 감고

산을 넘고

강을 건너도……

꿈이 빠져나간 주머니

전성기가 지난 속옷들이
빨랫줄에 걸려 있다
꿈이 빠져나간 주머니
나란히 접힌 순면純綿 100퍼센트가 슬퍼
일요일 저녁에 구워 먹은 소고기가
적막한 위를 통과하고
낡은 나의 자화상을 응시하는 시간

아무 일도 일어나지 않았던
금요일과 토요일이 바구니에 담겨
세탁기에 들어가
구겨지는 욕망
90도로 삶아도 지워지지 않는 지난 여름의 얼룩들

초대받지 못한 젊음이
이불을 두 겹 덮고도 추운 겨울밤

채널을 돌리며

　고독은 참으로 시끄럽군. 드라마와 스포츠와 뉴스가 나의 하루를 구성하는 무지 심심한 날. 8시에도 9시에도 시리아는 위급한 상태이고 9시에도 10시에도 죽어가는 그들에게 내가 해줄 게 없어 텔레비전을 켜기 전보다 무력해진 나. 수첩이나 정리할까? 빨간 볼펜을 들고 1분에 1명꼴로 관계를 정리했다 이미 검은 줄이 그어진 이름들을 확인 사살하고 내 인생에서 영원히 추방한 그대들. 지우기로 결심하고 잘못 누른 번호들. 고독은 사람을 잔인하게 만들어

마법의 상자

여행 가방은 괄호 상자.

무엇을 넣어도 꽉 차지 않는,

47년 하고도 5개월 된

진부한 고민들을 55×40×20cm의 사각형에 밀어 넣고

날아오르는 꿈.

엉망으로 구겨진 삶도 비행기 바람을 쐬면

반듯하게 펴진다는

마술을 믿는 자는 행복하다

흰 구름이 솜이불처럼 깔린

1만 2천 미터의 하늘을 내려다보며

닭장 속의 닭처럼 안전하게

먹고 싸는 지루함이여!

출발처럼 출렁이는 도착은 없다

기름진 군만두 같은 아메리카의 도시들을 포식하고

맥주보다 쓰디쓴 기억들을 알코올로 소독한다
가벼워진 생애를 다시, 괄호 안에 묶는다

짐을 다 덜어내도 무거운
여행 가방은 마법의 상자
영원히 잠들지 않는 침대

상도터널

상도터널 입구에
노란 개나리

시멘트 벽을 빠져나오니 또 개나리
캄캄한 동굴을 지나, 처음, 보는

처음 보이는 꽃

세상에서 가장 아름다운 꽃

겨울뿐인 내게 봄을 알려준,
어두운 터널을 벗어났다는 사실조차 잊게 해주는
참혹한 과거를 지워주던 눈부심

결혼의 지옥에서 나온 나를
처음 위로해준 너

사랑은 아니었지만

친구도 아니었지만

노란 풍경 뒤에서 웃어준 너

탄식

아무에게도
주지 않은 육체가
거울 속에서 시들고
하늘로 날려버린 여름, 여름들……

창밖의 비를 맞으며
청춘도 중년도 흘려보내고

나를 차지하려고
그렇게들 덤비더니
폭풍우 속을
나 혼자 가는구나*

---

* '폭풍우 속을 나 혼자 가는구나'와 비슷한 대사를(셰익스피어였던가?)
읽은 것 같은데, 비슷한 팝송 가사를 어디선가 들었는데, 확실하지 않다

인터뷰를 마치고

그는 나를 외로운 공주로 만들어, 나에 대한 자신의 열등감을 보상받으려 했다. 집과 아내와 아이가 있는 그의 고독이, 집도 남편도 아이도 없는 나의 고독보다 무섭다는 사실을 인정하고 싶지 않아서.

그들은 나를 감성만 살아있는 여류시인으로 만들어, 창조적인 지성에 압도당한 자신들의 무력감을 숨겼다. 여자보다 강하고 여자보다 똑똑해야 한다는 강박에 시달리는 조선의 선비들은 상상력이 빈곤해, 새로운 것을 생산하지 못한다. 뿌리가 자유롭지 못한 나무가 가지를 뻗고 풍성한 열매를 맺을 것인가. 유행을 따르는 허접스런 문자 유희로 넘치는 지식공화국. 대한민국에서는 같은 말도 어렵게 비틀고 꼬아야 지식인 대접을 받는다.

야구장에 나타난 시인과 사장님

시인 : 야구장은 움직이는 도박판
조용하다가도 갑자기 움직이고
경우의 수가 아주 많네요

사장님 : 저, 시인님
야구와 다른 구기 종목의 차이를 아세요?
축구나 농구는 공이 들어가야 이기는데
야구는 사람이 들어와야 점수가 나요

사장님 : 하나 물어봐도 돼요?
시와 산문의 차이가 뭐죠?

시인 : (정말 몰라서 제게 물으시나요?)
안타와 홈런의 차이와 같지요
짧으면 시, 길면 산문이지요

시인과 사장님이 엉뚱한 한담을 주고받은 날.

김현수가 시원한 만루 홈런을 날리고

두산베어스가 롯데자이언츠를

10 : 3으로 누르며

어제의 처절한 패배를 되갚아주었다

이름 풀이

무슨 최자야?
―높을 崔

영은 꽃불 영인가?
―아니요 헤엄칠 泳이에요

여자 이름에 물이 들어가면 팔자가 사나운데
미는…… 아름다울 美지?

崔 泳 美

아름다움에 빠져 익사할 이름이라고
그는 나를 비웃었다

90년대의 어느 술자리에서
웃는 그를 보고 나도 웃었지만

탁자 위에 풀어헤쳐진
높고
습습하고
삐뚤어진
글자들을 수습하여

이름 따위는 아무래도 좋으니
헤엄치지 않고, 저 강을 건널 수 있을까?

오해

술보다 술 마시는 분위기를 좋아했다, 말하면
사람들은 내 시가 쉽다고

노란 시월이 밀려온다, 빗대어 쓰면
몰라도 뜻을 묻지 않고

출퇴근하는 지하철을
밥벌레들이 기어들어가는 순대에 비유하면
직장인들을 모욕했다며 분개하고

나도 모르는 말들을 주절주절 갖다 붙이면
그들은 내 시가 심오하다고……

지도를 보며

그날이 오면

열대의 태양 아래

내가 낳았을지도 모를 아이들이 뛰놀고……

열대의 태양도 말리지 못하는 습한 마음의 거처

에메랄드빛 바다가 검게 물든다

동서울종합터미널 1

흐린 날에도 맑은 날에도
바퀴들이 내 인생을 옮겨준다

서울에는 사람들이 우글거리지만
미리 약속하지 않으면 만나기 어렵고
서울에는 겁나게 자동차가 많지만

내가 가진 유일한 바퀴는 여행가방
오래되어 손잡이가 뻑뻑하지만
어디든 나와 함께 굴러

주인인 내가 이 세상을 떠난 뒤에도
누군가의 미래를 끌고
털 털 털
잘도 굴러갈 바퀴여

동서울종합터미널 2

그들은 모두 일정한 방향으로
친구가 기다리고
상사가 호령하고
마누라가 부르고
아이들이 손짓하는 곳으로
정해진 시간에 도착하려
교통법규를 준수하며 걷고 달리고

지켜야 할 시간표도 없고
허둥지둥 도착할 장소도 없는 나는
금 밖에서,
안으로 들어가려
비밀번호도 모르면서
열리지 않는 문을 열려고
너무 오래 서 있었다

월동 준비

그림자를 만들지 못하는 도시의 불빛
바람에 날리는 쓰레기
인간이 지겨우면서도 그리운 밤

애인을 잡지 못한 여자들이
미장원에 앉아 머리를 태운다
지독한 약품냄새를 맡으며
점화되지 못한 욕망

올해도 그냥 지나가는구나
내 머리에 손댄 남자는 없었어
남자의 손길이 닿지 않은 머리를 매만지며
안개처럼 번지는 수다
겨울을 견딜 스타일을 완성하고
거울을 본다

머리를 자르는 것도
하나의 혁명이던 때가 있었다
빳빳한 생머리가 적과 동지를 구분하던
단순한 시대가……

서울의 울란바토르

어떤 신도
모시지 않았다
어떤 인간도
섬기지 않았다

하늘에서 떨어진 새처럼
나 홀로 집을 짓고 허무는데 능숙한
나는 유목민
농경 사회에서 사느라 고생 좀 했지

짝이 맞는 옷장을 사지 않고
반듯한 책상도 없이
에어컨도 김치냉장고도 없이
차도 없이 살았다 그냥

여기는 대한민국

그가 들어가는 시멘트 벽의 크기로
그가 굴리는 바퀴의 이름으로 평가받는 나라

정착해야, 소유하고 축적하고
머물러야, 사랑하고 인정받는데

누구 밑에 들어가지 않고
누구 위에 올라타지도 않고
혼자 사느라 고생 좀 했지

내가 네 집으로 들어갈까?
나의 누추한 천막으로 네가 올래?

나를 접으면
아주 가벼워질 거야

내 생애 황홀했던 봄을 떠올리며
말이 쏟아진다
말이 막힌다 말 말 말
너와 나를 이어주던
너와 나를 가로막던 말

그 찬란한 봄에 나는 시의 집을 짓고 있었지
이미 슬픈 내가……
이미 뜨거운 너와……
나는 말을 잇지 못한다
덧붙일 것도 없다

이 책은 2013년에 출간한 시집 『이미 뜨거운 것들』 (실천문학사)의 개정증보판이다. 개정판을 내며 미발 표작을 포함해 신작시를 십여 편 추가해 1부에 묶었 고, 시집 제목을 『아름다움을 버리고 돌아와 나는 울었다』로 바꾸었다. 시를 새로 다듬고 문장부호들을 손봤다. 쉼표와 마침표를 지웠다 다시 살렸다. 십여 년이 지난 지금, 내 삶은 그때보다 미지근하고 한가롭다. 그동안 도움을 주신 모든 분들, 함께 작업하며 고생한 사람들에게 감사드린다.

—2024년 봄, 시집을 다시 만들며
최영미

아름다움을 버리고 돌아와 나는 울었다

개정증보판 2쇄 발행 2024년 5월 13일

지은이 최영미
편 집 김소라
디자인 여현미

펴낸이 최영미
펴낸곳 이미
출판등록 2019년 4월 2일 (제2019-000097호)
주소 서울시 마포구 마포대로 89 마포우체국 사서함 11
이메일 imibooks@nate.com
페이스북 www.facebook.com/youngmi.choi.96155

ⓒ 최영미 2024
ISBN 979-11-981813-1-2 03810

책값은 뒤표지에 있습니다.